인향문단 시선

17

김현안 시화집

술 취하면 그대 떠올라

김현안

시,수필 등단
소설가 등단
한국문인협회 회원
현대문학사조문인협회 회원
인향문단 이사
들풀문학 편집장
조지훈문학상 시부문 본상 수상
시집: "그리움으로 부르는 노래"
       "술 취하면 그대 떠올라" (시화집)
전)대기업 근무
전)방송국 근무

hyunan88@naver.com

인향문단 시선 17
김현안 시화집 – 술취하면 그대 떠올라

초판 발행일 2021년 5월 1일
초판 인쇄일 2021년 5월 1일

지은이 김현안
펴낸이 장문정
펴낸곳 도서출판 그림책
디자인 이정순 / 정해경
출판등록 제2010-000001
주소 경기도 수원시 영통구 이의동 웰빙타운로 70
연락처 TEL070-4105-8439 (010)2676-9912
E-mail : khbang21@naver.com

인향문단 시선 17

김현안 시화집

술 취하면 그대 떠올라

술 취하면 그대 떠올라

시인의 말

밤의 어둠을 지나야
아침의 찬란함이
찾아옵니다.

사랑의 그리움은 내 삶의 꺾이지 않는
소망으로 다가와
시들지 않고 가슴속에서 노래 부릅니다.

희망의 노랫소리 은은한 향기를
가득 담고 싶습니다.
싹은 틔워야하고 꽃은 피워야 하듯
한줄기 물방울이
피어오르고 있음은 내 심장의 고동입니다.

지금 두근거리는 심장이
요동치는 것은
사랑을 알게 한 당신에게
갈 수 있는 설렌 마음입니다.

2021년 5월에
김현안

김현안

시,수필 등단
소설가 등단
한국문인협회 회원
현대문학사조문인협회 회원
인향문단 이사
들풀문학 편집장
조지훈문학상 시부문 본상 수상
시집: "그리움으로 부르는 노래"
        "술 취하면 그대 떠올라" (시화집)
전)대기업 근무
전)방송국 근무

hyunan88@naver.com

CONTENTS

인향문단 시선 17

김현안 시화집

술 취하면 그대 떠올라

김현안

사랑은

늘 그대를 그리며
찾아가지 못해도

사랑은 규칙도 없이
찾아오고

사랑한다고 아무리 말해도
그것은 단순한 언어의 유희(遊戲)

고급스런 선물을 포장해도
그것은 물건에 불과한 회유(懷柔)

진정한 사랑은 과정속에서도
그대를 생각하고
다양한 경험을 공유하고
때론 리액션(Reaction)을 하면서도

진정 그대를 사랑하는 본심(本心)은
시간이 되어야 실천입니다

오늘 보고픔이 그대를 좇아도
이 밤을 그냥 자렵니다

내일, 태양 앞에 함께 서 있기 위해…

사랑

너의 가슴이
나를 향할 때

그것은
말할 수 없는
뜨거움

닿기도 전에
전율이 흐르는
그것은

사랑입니다

그대 떠나던 날

오늘
그대는 내게서 떠나갔습니다
미련 두는 가슴 아픈 말만 남기고

이 자리에서 멍한 기분으로
떠나가는 그대를 바라봅니다

그대와 헤어진 이 날은
술도 내 친구
밤도 내 친구
비도 내 친구
쏟아지는 빛 방울에
내 눈물 파도 되어 한 없이 흘러갑니다

쏟아지는 외로움, 허전함, 그리움, 보고픔
버려야할 외로움, 허전함, 그리움, 보고픔
빈껍데기 되어 텅 빈 가슴

그대도 언젠가 나처럼
그대 두고 떠날 날이 오게 되면
내 심정 잘 알겠지요

언젠가 그날이 오게 되면
기억하시어요

가슴 식히며 울고 있는 나를…

꿀 따는 사내

나는 벌 당신은 꿀을 따는 사내

꽃 속에 쌓아놓은 내 생명에
어느 날 당신은 소리 없이 찾아옵니다

내 외로움 부수어 침을 쏘아도
당신은 망투하나 뒤집어쓰고선
내 꿀통을 집어 입속에 넣습니다

내겐 보물 같은 생명의 꿀들을
그 달콤함이 그리운 건지…

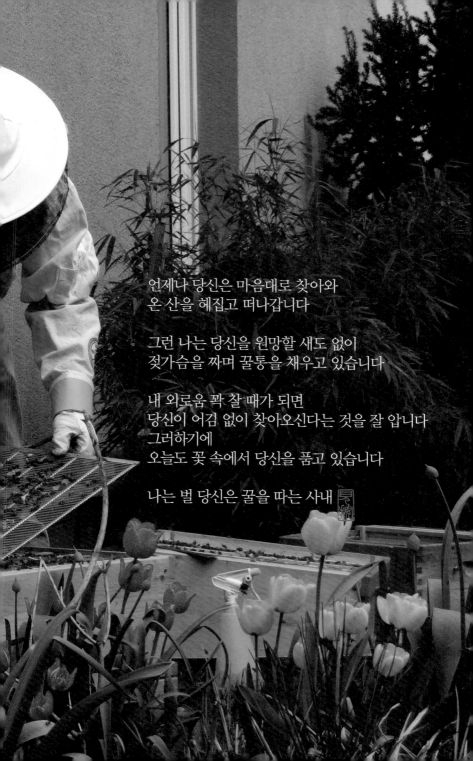

언제나 당신은 마음대로 찾아와
온 산을 헤집고 떠나갑니다

그런 나는 당신을 원망할 새도 없이
젖가슴을 짜며 꿀통을 채우고 있습니다

내 외로움 꽉 찰 때가 되면
당신이 어김 없이 찾아오신다는 것을 잘 압니다
그러하기에
오늘도 꽃 속에서 당신을 품고 있습니다

나는 벌 당신은 꿀을 따는 사내

언제나

쓸쓸하고
외롭고
힘들 때는
내 머릿속엔 언제나
실망과 좌절의 공간이 차지하고 있습니다

활기차고
기쁘고
즐거울 땐
내 머릿속엔 언제나
희망과 성공의 공간이 차지하고 있습니다

오늘도 난
슬픔과 기쁨이
고독과 환희가
외로움과 즐거움이

수없이
내 머릿속에서 단짝 되어
더 아프게 하고
더 기쁘게 하고

그 곳에서
해방되려 자유하려도
언제나 출렁이는 파도입니다.

우리 살아가는 일

숲을 이루기 위해서는
여러 것들이 모여야 합니다.

꽃들과 나무 그리고 바위들
새들과 곤충 그리고 짐승들
모두가 모여 살아야 산이라 부릅니다.

우리 살아가는 이 세상
또한 그와 같아서
너와 내가 모여 살아야 삶이라 부릅니다

그리움이 태양속으로 들어갈 때에도
그리움이 어둠속으로 들어갈 때에도

꽃은 피어야하고
새는 울어야하고
우리는 서로 부딪치며 살아가야합니다

나뭇잎 떨어져도 그것은
그 나름대로의 삶의 흔적입니다.

우리 살아가는 일
또한
밝음에서 어둠으로
어둠에서 밝음으로
끝없이 반복되어도
우리 사랑하며 부딪히며 살아가야합니다.

타는 가슴

내 젊음을 질러 부르고
가을이 타고

바다가 불을 끄고 있음을
나는 보고 있네

지금도 타고 있는 이 단풍
내 가슴에 이 뜨거운 불길

저 바다 파도치는 물결을
그대로 양동이에 받아다
불타는 내 가슴 덮고 싶다

나에게 와 타 죽어야 할 운명의 너
아!
가을이 나를 부르고
타는 목마름은 너를 부르고

내 파도 치는 이 정열은
뜨거운 솥단지 되어 너를 태우고 싶다.

파도가 부른다

낮은
너를 잊게 하고

밤은
너를 찾게 하고

바다에 살고 있는
너를 붙들고 나는 소주잔을 들이킨다

보고 싶고 그리워서
사랑한다고, 사랑한다고
천 번이라도 불러 주었을 것을

파도가 멈추면
너는 자고 있는 것

파도가 쳐오면
나는 기쁨의 술잔을 든다

술에 취한 바다
내가 취한 바다
떠남이 살길인 것처럼
파도치는 날은 너를 부르고

이렇게 파도치는 날에는
사랑했다고, 사랑했다고

밤이 새도록 불러 본다.

한 밤중에

어제와
오늘의
한 밤중에

오늘과
내일의
경계선에서

너를 생각한다

어제는
행복했으며

내일은
네가 있어

가슴 타는
오늘이다.

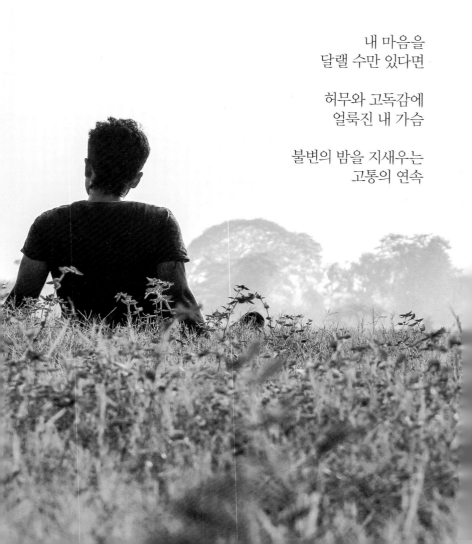

내 마음

내 마음을
달랠 수만 있다면

허무와 고독감에
얼룩진 내 가슴

불변의 밤을 지새우는
고통의 연속

극단적인 슬픔도
비극적인 요소 제거하면
마음은 고요한 바다

마음은 정처 없이
일었다가 사라지고

사라졌다
일어나는 무상(無常)한 것임을

오늘도 나는
마음의 출렁임으로 파도를 달랜다.

당신이 그립습니다

당신을 만나
가슴에 천국을 꾸미려 했습니다

비 오고 바람 불고 눈보라 쳐도

나는 당신만 안고 있으면
모든 것은 지나가는 바람입니다

나를 표현하는 설레임
상대를 기쁘게 해주는
당신의 미소는
내 마음을 훔쳐가는 당신입니다

늘 기쁨을 잉태하는
당신을 만나
가슴에 천국을 꾸미려했습니다

당신이 떠난 지금

비 오고 바람 불고 눈보라치면

나는 당신을 안던 그 체온에
지난날을 시린 가슴으로 불러봅니다

태양 아래서나 달빛 아래서나
천국을 꾸미려했던 지난날이 사무치게 그립습니다.

내 눈물 닦아주오

오늘도 나의 쓸쓸함이 너를 부른다

오지않는 새벽, 기나긴 시간
깊어지는 어두움을 뒤로 하고
이렇게 너를 부르고 있네

네가 떠난 그 침대에 너의 향기가 흐르고
먼지만 수북이 쌓여 너의 향기를 덮어가네

오늘도 오지 않는 너의 그림자만
이 밤이 새도록 쫓아다니고
난 갈 곳 없는 영혼 조용히 침대에 누어
너의 향기에 젖어 이 밤을 지새운다

안녕이라는 말 남기지 않고 떠나버린 너이기에
잊지못해 너의 베개에 가슴을 묻고 이 밤을 보낸다

자꾸만 보고 싶은것은 오늘이고 내일이지

이제 너의 향기가 다 떠나가면
내 마음도 어쩔지 나도 몰라
그 향기 떠나기 전에 제발 돌아와 줄 수 없겠니

새벽이 오기 전에 내게 돌아와줘
이슬이 맺기 전에 내게 돌아와줘

내 눈물 그림 되어 멍들기 전에
돌아와 내 눈물 닦아주오.

자유의 다리 아래 임진강이 흐르고

자유의 다리 아래 임진강이 흐른다
두고온 산하 가고픈 산하
동강 난 분단의 절박함이 가득한
그곳에서 우리를 기다리고

자유의 다리는 원래 너와 내가 마음대로 걸어가고
마음대로 만나는 곳이 아니었던가

북에서 흐르는 물도 남에서 흐르는 물도
서로가 다투지 않고 부등켜 안으며
서해로 흘러 그 쓸쓸함이 오늘도 어제같다

자유의 다리 아래
임진강이 흐른다

우리가 가야할 길은 어디인가 저 건너 내 고향
살아 생전 꼭 만나야 할 그리운 어머니가 계신곳
죽어서도 가야할 고향이 아니던가

한 밤의 차가운 숨결이 더욱 가슴에 스며들고
별처럼 빛나는 사랑하는 사람의 소식을 들으려
잠을 청해 꿈에서라도 맞이하여야 하겠지

자유의 다리처럼 하늘의 별과 달을 벗삼아
외롭게 가만히 지켜보고만 있어야 하는 것인가
임진강물에 노를 저어
다시 역류하는 길을 따라 노래하고 싶다

자유의 다리 아래 임진강이 흘러
한강과 서해로 만나 통일의 물만 허걱대고
남과 북을 수없이 지나고 또 지나고 있다

오늘도 너와 내가 만나기를 기다리며···

YouTube 시낭송 (홍성례 시낭송가)
「자유의 다리 아래 임진강이 흐르고」

비

비가 내린다
어둠의 오염을 씻어내듯
밖엔 비가 내린다

계속 쏟아지는 빗방울
하나 둘 세어보려 하지만

어둠이란 놈이
빗방울을 감추어

주룩 주룩 소리만이
내 마음을 씻는다.

등대

누구나 외롭게 바라보는 것이다
저 밤새 오고가는 파도도
저만치 오고가는 우리도
늘 외로운 등대라고 바라보는 것이다

그 진실은 아무도 모른 채
진정 외로움은 너의 몫
나는 오늘도 너를 지키고 있음을 기억하여라

외로워 죽고 싶을 때만
기쁨이 넘쳐 행복할 때만
바다가 그리울 때만
나를 찾는 너를 늘 지켜보는 것이다

바람을 맞으며 눈비를 맞으며
파도와 싸우며 어디에서 보듯
어느 곳을 비추듯
나는, 그저 늘 바라보는 것이다

바닷새는 말없이 찾아와
둥지를 틀고, 비바람을 피하고
오늘도 내 몸에 은회색 오물로 그림을 수놓아도
나는, 찾아오는 새들을 늘 지켜보는 것이다

언제나, 그 자리에서 늘 너를 지켜보는 것이다.

삶

이곳에서
저곳으로
가는 길은 정해진 것

늘 새로움
신선한 공기
나무의 푸른 잎

살아 간다는 것
후한 사랑
포근함으로
한없이 사랑한다는 것

기쁨의 샘
어둠에서
밝음으로
늘 반복된다는 것

부족함도
기쁨도
모두가
아주 가까이 있다는 것

이 모든 것이
삶인 것.

사랑의 씨앗

그대를 본 순간
그대의 웃음은 사랑의 씨앗
그대 내게 사랑의 씨앗을 보내 주세요

제 텅 빈 가슴에 사랑꽃이 피어나고 있어요

왜냐구 물으시면

그대를 본 순간
제 텅 빈 가슴에 그대의 사랑꽃이 웃으며 들어와
다른 사람으로는 사랑꽃을 채울 수 있는 공간이 없어요

제 작은 가슴을
그대의 해맑은 미소가 씨앗이 되어
큰 행복의 공간이 되기 때문이지요

그대가 보내는 웃음은
나를 행복으로 초대하고
내 텅 빈 가슴에 사랑을 가득채우지요

그대 내게 사랑의 씨앗을 보내주시면
난 그 사랑의 에너지를 베개삼아
꽃과 나비가 춤추는 기쁨과 행복의 만찬을 준비하여
그대를 나의 정원에 초대할게요

그대 내게 사랑의 씨앗을 보내준다면…

새처럼

하늘을 날으는
새들을 봅니다

매 순간마다
날개를 퍼득이고
쉬지 않아야 나는 그 멍에

누구는 새처럼 살고 싶다고 합니다
그 진정한 고통과 수고는 잊은 채

그래도
우리는 멀리 나는 새들을
그리워합니다

떠나고 싶을 때
고통이 수반되는 퍼덕거림도 잊은 채
그저 멀리 떠나고자 하는
그 마음이 크기에
그냥 떠나고 싶음을 그리워합니다

나는 오늘
고통은 뒤로하고
멀리 나는 새가 되고 싶습니다.

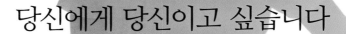

당신에게 당신이고 싶습니다

당신에게 나는
멋진 남자로 다가가고 싶습니다

가슴 근육에 왕(王)자를 새기지 못해도
화려한 멋진 옷을 걸치지 못해도
그대에게 줄 명품 핸드백을 사주지 못해도

난 당신에게
멋진 남자로 다가가고 싶습니다

새벽에 일어나
처음 떠올린 얼굴이 당신이고
출근하여 핸드폰 문자를 노크한 것도
퇴근하여 나도 모르게 그대 향하는 것을 보면

난 당신에게 당신이고 싶습니다

이 세상 누구보다도 더
당신이 있어 행복한 나날들

당신과 마주하는 그 눈빛
당신이 내게 보낸 그 입술
당신과 함께 보낸 그 환희
당신이 희망 주는 그 미소

난 당신에게 당신이고 싶습니다.

낮과 밤

순간순간은
의미 없이
지나는 것 같아도

되돌아보면
의미 있는 시간들

또 하나의 의미로
낮은 지나고
밤은 찾아옵니다

낮은
의미를 찾기도 전에
바빠서 훌쩍 지나가고

밤은
매 순간 정적되어
의미 있는 시간을 찾습니다

밤은 모든 것을 감춰주고
낮은 모든 것을 드러내고

낮과 밤은 우리의 그림자

슬플 땐 울어야

슬플 때도 울어야 하고
아플 때도 울어야 하고
서글퍼도 울어야 하고
실패해도 울어야 하고

울음은 끝이 있고 시작도 있는 것

우리의 슬픔도
슬프고 슬퍼도
끝이 있고 시작도 있는 것

우리의 아픔도
아프고 아파도
끝이 있고 시작도 있는 것

우리의 서글픔도
서글프고 서글퍼도
끝이 있고 시작도 있는 것

우리의 실패함도
이 악물고 악물어도
끝이 있고 시작도 있는 것

오늘 내가 흘린 눈물은 강에 흘려보내고

진정 우리의 웃음을 되찾는
그날 그날을 위해 웃음을 잠시 숨겨둡시다

훗날 하도 웃어 입 터지면 수술하면 되지요.

가슴이 한 짓

너에게로
달려가는 것은
가슴이 한 짓

너의 손을 잡았지만
너를 안을 수가 없다

덩달아
너를 따라
하늘까지 달려갔지만
그녀가 생활하는 삶의 터전

나의 세계와는 전부하다

세상을 피해 도망치고자
외도하고자 해도
경제적 정서적 우산 밖으로
나를 옥조이고

자신의 질서도 공고히 할 수 없는
그런 사내

아,
누가 내 가슴에 그녀를 담았는가

그것은 가슴이 한 짓

오늘, 삶

나의 삶은
오늘입니다

내일이라는 집에서 살아야하고
삶은
뒤로 물러나는 것이 아닙니다

또한
어제에 머무르지 않는 것입니다

내 마음이
온 세상을 사슬 없이 자유롭게
떠다니듯이
나를 구속하지는 못합니다

동이 서에서 먼 것처럼
내 마음이 그대에게서 멀어지기에

나의 삶은
오늘을 준비합니다.

사랑과 이별

사랑이란
언제나 이별을 준비합니다

서로가
사랑을 하다가
이별이라는 놈이 찾아오면
누구든지
자기의 깊은 속 내면을
표출하기 마련입니다

사랑을 할 때는
항상, 한 낮의 빛이었고
이별을 할 때는
항상, 어둠의 굴속입니다

사랑의 달콤함 목소리로
매순간 나를 향해 보내준
사랑의 미로(迷路)는
달콤했음에도

그대의 혀와 입술까지도
내게 보내준 게 아니기에

지나는 바람처럼
그대를 끌고 갈수 없는
법을 알게 됩니다.

그대 그리움

햇살은
너무도 눈부시게 내리쬐고
목마름에 단비를 그리워합니다

뜨거운 태양은
지칠 줄 모르게 나를 삼키고
숨 막히는 이 그리움의 목마름

태양을
적시는 유일한 길은
우선은 어두운 밤이 찾아 오는 길이지요

그 시간도 제겐 너무길게 느껴집니다

그리움을 찾아
저 하늘의 구름을 향해
비의 씨앗을 품고 대포를 쏘아
비를 내리는 축복처럼
오늘도 난 그런 비상약이 필요합니다

온 대지를 적시는 비를 내리게 하고
내 몸을 흠뻑 적시는
그대의 비를 맞으며
행복의 꿈을 안고 살아가고자 합니다.

너무도 멀리 있는 그대가 보고싶어요.

보고 싶어도

내게는
희망이 있고
사랑이 있고
정열이 한 가득입니다

지나간 수많은 시간은
보고픔 되어
나를 누르고

가고자 해도
난 지금
여행 열차에 몸을 실어 떠나갑니다

그대가 보고 싶어도
오늘도 참아야 되나 봅니다

저 멀리 태양을
저 멀리 희망을

가지러 가야하기에…

내 기쁨

내 가슴속에
언제 부턴가 살아 숨쉬는 그대

비가 오나
눈이 오나
바람이 부나
곁에 있어준 그대

맑은 태양이
하늘을 향해 떠오르고
희망찬 미래는 나를 부르고
함께 공유하는 그대

슬픔도 때론 기쁨인 것
함께 하는 것도 기쁨인 것
보고픔도 넘치는 기쁨인 것
내게 그와 같은 마음도 기쁨인 것

오늘도 희망을 등대 삼아
시뻘건 불을 밝히렵니다

사랑하는 그대와…

하루가 길다

그 사람이 오는 날이다

봄·여름·가을·겨울
여러 해 보내고
그 사람이 오는 날이다

그리움이
보고픔이
간절함이
설레임이

지나간 것은 이미 오래된 어제

밤하늘을 밤새 날아서
오늘
그 사람이 오는 날이다

아침은 늘 밝아오며
새 희망은 더욱 빛나고
기다림은 매일의 일상임에도

가슴에 새겨진 그리움은
사랑꽃이 되어
그 사람 오는 날
가슴에서 흐드러지게 피어난다

오늘 하루는 너무 길다.

술 취하면 그대 떠올라

내가 그대 잊고 새로움을 찾지만
어느 순간 한 잔의 술이 들어가면
술은 에너지 되어 나도 모르게
자꾸만 떠올라 전화를 건다

멀어져간 추억은 최면술사가 불러주고 찾아오고
그 종착역은 너이기에 나는 왜 이러는지 몰라
핸드폰엔 어김없이 너의 번호가 떠 있어

술 취하면 그대 떠올라
그대가 돌아올 수 없는 자리인 것을 알면서도

그토록 참고 참은 너에게로 통화가 되어있어
이처럼 술만 먹으면 한 순간에 무너지고
후회하고 다 무너지는 아침이 온다

내 머리엔 언제나 네가 기억되고 있나봐
술을 이제는 끊어야 하겠지 네가 자꾸 떠오르니
너에게로 달려가는 그 좋은 술을 이제는 끊어야 하겠지

술 취하면 그대 자꾸 떠오르니까.

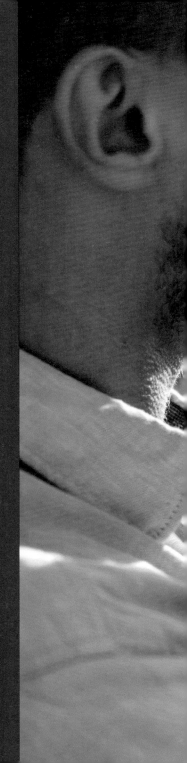

저만치 님이여

그림처럼

여러 가지 아름답게 자태를
늘 그렇게 보이고

그 아래 무언의 미소 지으며
햇빛 너머 큰 너머를 보는
님이여

목표도 희망도 지쳐가고
희망의 꿈이 아픔 되는 지금

먼발치 미소 지움이 잠시
희망의 미소
사랑의 미소
든든한 미소

아 누가 저 푸른 소나무
바람 불어도 흔들리지 않고
지치지 않고 버티며
그 아래 에너지 비축한 큰 산소탱크

누구나 찾아와 님처럼
환한 미소 짓고
희망주는 그림자 되어

영원한 푸른 산소 뿜어주는
그런 나무 되려나

뒤 늦은 사랑

그때는 몰랐습니다
그 사람 떠난 후 알게 된 나의 마음을
생각하면 할수록 그리운 사람

밤이면 그대 떠올라 노래하며
흘러가는 별들을 그리며
날개달린 마음으로 새벽을 찾는 것을 보면
그때 그사람 내가 사랑했나봅니다

사랑의 날개속에 숨은 한숨이
그 사람 상처받게 했을지라도
난 그사람 사랑합니다

뒤 늦은 나의 사랑이
그 사람 다시 오지 않는다 해도
그 사람에게 달려가는 사랑으로
내 가슴이 타고 있네요

뒤 늦은 사랑 꺼지지 않는 새로운 사랑입니다.

당신은 나의 등대

사랑합니다

당신이 있어
좋은 이 밤

더욱 버겁도록
당신을 품습니다

당신의 넓은
마음이 있어
흔들리지 않는 이 고독

당신 미소에
웃고
당신 고독에 슬퍼합니다

내게 당신은
외로운 항해가의 등대처럼

내게
등불 되어 비추어 지니까요.

보고파요 당신

어둠이 걷히고
햇볕이 들면
찾아오는 손님이 있어
좋은 아침

매일 보아도 보고픈
그리운 당신의 얼굴

햇볕과 같은
당신의 얼굴
반갑고 사랑스럽지요

당신을 보내고 나면
그날은
하루 일이 지나고

당신 만나러
이 밤을 찾아 떠납니다

꿈 속에서라도
당신이 내게 뽀뽀해주면
그 밤은
놓치기 싫은 아쉬움

아침이 벌써
나를 부르고 있네요.

사랑합니다, 당신을

한 생 서럽게 살아온
내 삶의 응어리는
인연이 만들어준 끈으로
당신이 나를

영원히 변치 않는
아름다운 사랑으로 묶었습니다

지나간 시간의 허덕임에
당신이 있어
모두 버린 내 아픔을
이제 내가 당신을 아프게 합니다

당신이 있어 행복했음을 시인합니다
내 뜨거운 가슴속에
붉은 핏방울 되어

당신의 숨결이 들립니다

나는 당신을 사랑합니다
피보다 진하고
옥빛보다 더 맑게
나는 당신을 사랑합니다

육신이 흩어지고
영혼이 존재하는
허무한 세상이라 할지라도

한 겹 두꺼운 인연이 맺어준
당신과 나의 사랑은
남겨 놓은 세월과 함께 불태우렵니다
사랑합니다.

당신을

그리운 어머니

모두가 잠들은 새벽 아침에
멀리서 들려오는 그리운 바람

해 뜨고 달 뜨면 하루의 인생
먹구름 내 가슴에 그리움 쌓여
오늘도 내일도 그리워 봅니다

어릴 적 나를 업던 그 사랑
지금은 어디서 그 사랑을 찾을까요
이제는 어른 되어 달 뜨고 별 뜨면
슬퍼서 울고 있네요

언제나 가려나 언제나 보려나
새벽은 매일 찾아오건만

내 가슴속 타버린 그리움
그리움 구름타고 눈물 가득 싣고
내 사랑 그리며 떠나고 싶어요

어릴 적 나를 업던 그 사랑
지금은 어디서 그 사랑을 찾을까요
이제는 어른 되어 달뜨고 별 뜨면
슬퍼서 울고 있네요

보고 싶어요 어머니!

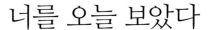

너를 오늘 보았다

우연인지 필연인지
싹 트이고 열매 맺는
많은 이치의 한 길인가

멀리서 보아도
가슴이 뛰는 것은
고해(苦海)의 설레임인가

밝은 내 심장의 고동침을
너에게 들켰다

조용히 드러내지 않아도 될
내 심장

너를 보면 꺼지지 않는 정열
너를 보면 설레임 두근두근

2000년 잠자던 숨소리가
너로 인해 깨어나고 있음을
내 심장이 말해주고 있다.

비가 오면 생각나는
사람 있습니다

비가 내리면
더욱 생각나는 사람 있습니다

저렇게 비가 내리면
더욱더
깊어지는 그리움
창가에서 그녀가 울고 있습니다

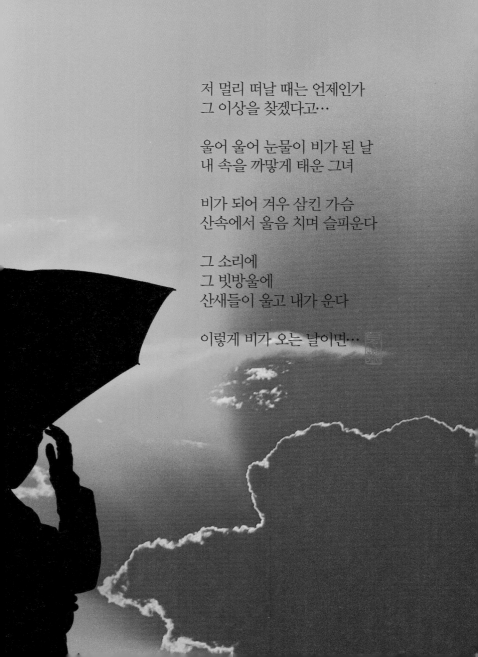

저 멀리 떠날 때는 언제인가
그 이상을 찾겠다고…

울어 울어 눈물이 비가 된 날
내 속을 까맣게 태운 그녀

비가 되어 겨우 삼킨 가슴
산속에서 울음 치며 슬피운다

그 소리에
그 빗방울에
산새들이 울고 내가 운다

이렇게 비가 오는 날이면…

내게 돌아와 줄 수 없겠니

돌아서며 흐르는 그대의 눈물은
내 가슴이 못이 되어 잊혀지지 않는
가시가 되어 아프고 아파 가슴을 적시네

한번만 더 내 사랑을 받아준다면
오직 당신을 위해 숨 쉴 수 있다면

이별하고도 실감이 나지 않았어
시간이 멈추고 너를 찾느라
온 밤을 지새며 찾아다녀도
우리의 이별이 다시 만남의 시작임을
깨닫는 나는 바보인가 봐

내 사랑 속에 숨은 고통이
그대의 꿈들을 흩뜨려놓아도
그것은 잠시 영원히 사랑하기위한
나만의 사랑 절규였음을
그대 내게 돌아와 줄 수 없겠니

돌아서며 흐르는 그대의 눈물은
내 가슴이 못이 되어 잊혀지지 않는
가시가 되어 아프고 아파 가슴을 적시네

너의 존재를 너의 사랑을
이제야 알게 됐으니 감사하지

내게 돌아와 줄 수 없다면
진정 네가 나의 빛이었음을
잊고 살아온 내가 바보라서
이별의 시간이 오기까지는
사랑의 깊이를 모르는 건가 봐

나뭇잎

봄꽃으로 피어난 잎새는
자라면서 큰 기쁨이고 소망이었습니다
새싹은 그 시작부터 사랑이고
태초의 잉태된 축복
누구에게나 싱그런 산소 망

푸르름 최고의 여름 잎새는
햇빛도 그를 넘보지 못했습니다
푸른 잎은 그 자체부터 날개이고
태양빛 지키는 우산
누구에게나 시원한 방패 산

오색물결 단풍진 잎새는
저녁노을과도 색을 견주었습니다

붉게 물든 그 잎새는 색동이고
지나는 우리의 추억
누구에게나 한 폭의 그림 책

바람에 흩어진 잎새는
자태를 다 드러낸 홀로된 가지입니다
기쁨도 방패도 노을도
힘들어 벗어 놓은 자태
누구에게나 잊혀질 가시 뼈

참 아름다운 세상
마지막 잎새가 가야할 길은 정해진 것

그런 세상에 홀로되어 살아있음을
자축이라도 하듯 춤추고 소리 내며 떨고 있는 그 잎새
그 모습이 추하다고
그 몸까지 흔들어대지는 않았으면…

잎새는 햇빛으로 깨끗이 샤워하고
그동안 너무 뽐내고 살았다고
모두에게 용서를 구하고
불어오는 바람타고 우아하게 떨어집니다.

새싹이 돋는 그곳에…

바람

네가 나의 삶의 터에 들어와
행복의 둥지 틀고

내가 너의 삶의 터에 들어가
기쁨을 노크하고

흩날리는 하찮은 바람에도
우리 그냥 스쳐도
아무 문제없던 뜨겁던 시절

내가 성공하자 부단히 노력했건만
네가 지키고자 수차례 만류했건만

떨어지는 낙엽처럼
희망들도 타버리고

지금은 흩날리는 바람에도
우리 너무 추워 고개 숙이고
바람 탓만 하는 현실 속에서

커가는 희망을 부여잡고
노력하는 정열을
수고하는 인내를…

네가 지키고자 했던
지난날을 뽑어내며
너의 희망과 정열을
무참히 밟어버린 그대 한숨 속에서

나의 인내도 종점을 향해 달려가고
같이했던 수많은 추억을 뒤로하며
지난날은 밤과 같이 잠들고

새벽은 희망되어 나를 깨우고
구름 저 너머에 영광이 있기까지

희망을 위해서는
시련과 고통의 된서리가
필요하다지만

희망의 말 한마디가
용기인 것을…

아름다운 꽃도
딱딱한 흙을 뚫고
나와야 한다는 사실을 알면서도

그대가 지쳐 토해낸 지난 일들은
내 가슴에 투영되어 나를 흔들고

가슴이 너무 아파
심장이 멎어지는 고통입니다

강가의 바람도
산속의 푸르름도
밤하늘의 우주도
새벽의 어슬도

내 빈 가슴을 채울 수 없는
현실 속에서

처음 그 시절이
오늘 더욱 그립습니다.

보고픔

강바람을 맞으며
걷고 또 걸어도
가슴만 차가울 뿐

그것은 타는 목마름

잠시 잊으려 해도
보고프고
그립고
떠오르는 그대 맑은 눈망울

지나는 챠 소음에
혹시나
그대 숨소리 잊었나
보고 또 폰 보아도

헛웃음만
빙그레 웃고
벌써 마음만

내일을 달리네…

하루는 24시간

누구에게나
하루는 24시간

하늘을 나는 새도
곤충도
식물도
동물도
만물의 영장이라는
너에게도
나에게도
하루는 24시간입니다

주어진 시간에
오늘을 살아가는 우리들에게
24시간은 축복입니다

외로움

외로움이란
극복하는 반대말이 없다 하지요

외로움의 친구는 쓸쓸함, 고독함, 우울함 등입니다

우리는 살아가면서
한 순간도 외롭지 않은 날이 없습니다

지금 우리가 외로움을 겪는 것은
누구나 다 겪는 삶의 나쁜 친구이지요

나의 당신에게서의 사랑이
나의 형제에게서의 사랑이
나의 부모에게서의 사랑이
나의 주변에게서의 사랑이

끊어지면 외로움이
이어지면 즐거움이

그 중에서 제일은
나의 사랑하는 당신에게서 사랑이 없으면
외로움은 하늘을 향해 뛰어 다니며

쓸쓸함의 친구도 만나고
고독함의 친구도 만나고
우울함의 친구도 만나고

우리는 아이들에게
나쁜 친구를 사귀지 말라고 하면서도
다 큰 내 사람은 나쁜 친구를 사귀게 하는지…
오늘은 사랑 가득한 친구로,
당신으로 한번쯤 다가가 보렵니다

당신이 외롭고 추워 보이기에
사랑의 이불을 준비하고서…

소나무와 파도

바닷가 바로 옆 소나무는
파도를 보고 살아갑니다

바람의 친구인 파도는
소나무를 보고 살아갑니다.

파도는 매일 매 순간
바람의 힘을 빌려
소나무에게로 다가오고자

쉼도 없이 왔다가
처얼썩 돌아가고 되돌아옵니다

금세 왔던 파도는
수없이 용기 내어
반복하다 지쳐 되돌아가고

새로운 친구들은
똑 같은 방법으로 서로를 흠모합니다.

그래도 쉼 없이 부서진 파도는
바람이 몹시 후려치는 순간을 기회삼아
폭풍처럼 달려들어 목적을 이루고

나의 몸에 지친 눈물들을
흠뻑 뿌리고는 사라집니다

그것도 잠시…

보고 싶고 안고 싶은 마음은
오늘, 지금도 반복되는 설레임입니다.

봄이 오면

봄을 안고 흐르는 강물

구름 뒤에는 태양이 빛나고
저 구름 뒤에는
밝은 솜털 같은 하얀 천지가
있음을

당신의 사랑도
나의 사랑도
운명

누구나 인생에서
굴곡진 날들 있어
밝고 슬프고 그런 날 공평하겠지

당신오기만 기다리는 봄
만물의 새싹도
우리의 젊음도 돌아봐야 할 봄

강물에 비친 봄 달빛은
하늘이 준 사랑이겠지

내가 사랑한 당신 〈작별〉

사랑은 고뇌의 서작,

당신과 작별을 하고
지난날을 뒤척이며 그립도록
내 눈은 충혈 되고
바람처럼 돌아간 지난시간을
이 어두움이 깨기 전에 잊게 해주세요.

내가 사랑한 당신
당신의 얼굴이 그립도록
내 눈은 벌게지고
달려가는 그리움에
내 눈을 더 이상 괴롭히지 말아주세요.

사랑은 고뇌의 시작이라지요

지난날, 당신과의 행복은
그림자 되어 추억하고
지금은 떠난 자리에서 그리워하면 할수록
꺾어진 갈대와 같이 초라해집니다.

성인의 말씀에
사랑하여도 너무 가까이 있지는 마라
성전의 기둥도 서로 떨어져 있듯이

서로를 마주보면 아름다웠던 것을…

날개 달린 마음은
벌써 겨울의 동상이 되었습니다.

그대의 불

내 마음이
흔들리기 시작하는 것은
그대의 불을 보았기 때문입니다

컴컴한 구름이
찾아오고, 사라지고

사늘한 안개가
찾아오고, 사라지고

그대의 불을 보았기 때문입니다

미혹(迷惑)한 마음에
매혹(魅惑)되어서
마음이 어두워져 깨닫지도 못하고

비탈로 쏟아지는 물 같이
한없이 내려가고 있습니다.

날이 새어
샛별이 떠오르기까지…

너를 그린다

나 , 그대를 그리며 살아가다
그대 떠난 지금 모든 인연 접고 구름 벗 삼아
잊으려 잊고자 했어도 잊지 못한 지난 세월

끝내 잊었다 해도 잊은 게 아닌 바람타고 잊고자 한 그 사람
나를 사랑했었다고 보고 싶다고 전해 오니

이 세상이 다가고 저 세상이 와도 결코 너를 보낼 수 없기에
매미가 되어서라도 환생하리라
너를 백년이고 천년이고 이제는 같이 하고 싶기에
죽어서라도 다시 만나서 살아가기를 빌어본다

너, 그대는 지금도 어느 그늘 아래
슬프게 살아가니 나 하루도 널 잊을 수 없었어
내 이 마음 그 누가 알겠는지

나 이제는 저 구름타고 바람이 되어서라도 가야하나
구름보고 인내하며 보낸 시간 그 시간 누가 내 이 마음을 알
까요

나 오늘도 생각말자 생각말자 죽비를 내려치고
흙비를 맞으면서 그대 소식 접한 이 마음

사랑이 시작되면 고통의 그림자가 따라다닌다 해도
그대라면 마땅히 받아야 하는 내 운명
나 이러다 하루가 평생 인생이 떠나간다.

다 보여드려요

당신을 만났습니다

물처럼 깨끗하고져
아침 이슬처럼 맑고 투명하게
빛나는 유리같이
내 마음을 보여주고 싶습니다

그간 살아온 삶이 너무
투명 유리처럼 비춰어도
그것은 그냥 지나온 과정이라고
당신에게 쓰고 싶습니다

유리 개구리처럼
당신을 만나서부터는
투명하게 그렇게 살고 싶습니다

나뭇잎 아래 당신을 품고 알을 낳고
이슬을 벗 삼아 연못으로 떨어져
스스로 살아갈 때까지 만이라도
당신과 같이 하고 싶습니다

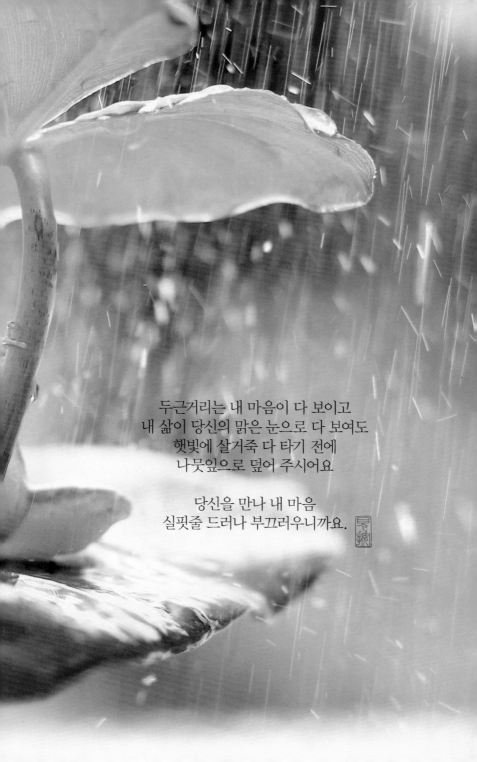

두근거리는 내 마음이 다 보이고
내 삶이 당신의 맑은 눈으로 다 보여도
햇빛에 살거죽 다 타기 전에
나뭇잎으로 덮어 주시어요

당신을 만나 내 마음
실핏줄 드러나 부끄러우니까요.

나를 사랑한다면

그대가 진정
나를
사랑한다면, 사랑한다면
표현하는 것으로 알 수 있어요

나를 위해 모든 것 다주고 다주는
그 손에
그 발에
그대 사랑을 분칠해 주시어요

사랑하는 마음으로
사랑하는 모습으로
사랑하는 표현으로 화장을 해주시어요

나도 꽃이 될 수 있을까?

잠시라도 그대를 벗어나
저 만큼 서서 빛나고 싶습니다

세상 밖으로 나서는 날에는
더욱 나에게 화장을 해주고 싶습니다

그러나 그것도 잠시
이 손과 발의 작품들은 그대의 것입니다

그대가 어서와 나의 손을 잡아주기를
기다리고 있습니다

여기는 손과 발 아름다움을 제작하는
사랑 공작소입니다.

내일을 위하여

추위를 이겨야
봄에 꽃을 피우듯

그물을 준비해야
고기를 잡듯

우리의 시간을 위해
오늘을 준비합시다

때론 거칠고
힘든 파도가 밀려와도
우리의 내일을 장식할
화단을 일구기 위해 노력합시다

추위를 느껴본 자만이
햇살의 따스함을 알듯
힘찬 걸음으로
우리 사랑하며 내일을 기약합시다

현재의 고통은
내일의 희망
매일매일 새로운 각오

내가 늘 가슴속에
품어온 말
사랑합니다.

당신을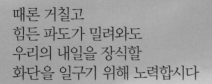

고향 그리움

세월의 역류 속에
전쟁을 몸에 안고 고향을 떠났습니다
현실은 고향을 갈 수도
안 갈 수도 없는 삶의 연속에서
내일이면 가겠지 보낸 시간이 어느덧 백발이 되었습니다

아무리 불러도 채울 수 없는 그리움. 보고픔
어머니, 아버지, 형제들
세월이 갈수록 그리움은 더욱 깊어지고
그리움으로 쌓은 향수는 진국이 다 되었습니다

세월이 흘러 갈수록
지난날의 어린 추억들은 영롱히 다가오고
그리움은 주름 속에 더욱 깊어갑니다

친구들은 이미 고향의 산과 구름 하늘을 그리다
그리움에 지쳐 벌써 자리맡아 꿈꾸러 갔습니다

오늘도 불러보고 싶습니다
고향의 어머니, 아버지, 형제들
현실은 목 놓아 부를 수도
안 부를 수 없는 삶의 연속에서
자식들에게 눈물을 보이기 싫어 가슴으로만 울고 있습니다

고향에 가지 못하고 둥지 잃은 이 몸
부모님 사랑 받지 못하고
타향에서 홀로 지낸 지난 세월
슬픔을 잊기 위해 부단히도 노력하며 살았습니다

커가는 자식들이 나의 이 고독, 이 슬픔을
얼마나 알 수 있을까요

아무리 울어도 채울 수 없는 그리움
울어도, 울어도 내 가슴만 탈 뿐
이제 부모님 얼굴이
닳고 닳아 기억에서 흐려집니다

보고픈 형제여!
죽을 것만 같은 그리움
목 터져 불러도 기약 없는 그리움
그리움에 지쳐 잠 못 이루고
저 만치 해가 솟습니다

오늘도 해가 뜨건만
그리움 진국된 향수는
언제나 고향 산천에 향기를 뿌릴 수 있을까요

보고 싶고 가고 싶고 사무치도록 그립습니다
오늘따라 먼저 간 친구가 그립습니다.

- 실향민 2세로서 아버지들이 가보고 싶은
고향 그리움을 그리며…

YouTube 시낭송 (홍성례 시낭송가)
「고향 그리움」

친구

친구는 오늘
인생의 반쪽을 잃었다

삶의 한 귀퉁이에서
쓸쓸히 지난 감정을 덮고
지난 많은 시간들
뒤로 하고
모든 것을 정리했다

씁쓸한 뒷자리에서
친구에게 조금이나마
위로가 되는 말들이
생각나지 않아
무작정 소주잔만 부었다

친구의 내일에
희망찬 인생이 있기를
소주잔이 넘치도록
부은다.